15 Octobre 1886.   V

VENTE

Après le Décès de Mme NEEDH___

les Vendredi 15, Samedi 16 et Lundi 18 Octobre 1886

EN UN HOTEL SIS A PARIS

RUE DUMONT-DURVILLE, N° 17

BEAU MOBILIER

BRONZES, OBJETS D'ART

TAPISSERIES, BELLES TENTURES

EXPOSITIONS

PARTICULIÈRE : le Mercredi 13 Octobre 1886
PUBLIQUE : le Jeudi 14 Octobre 1886

CE CATALOGUE SERT DE CARTE D'ENTRÉE

Me ESCRIBE	M. E. VAN HOESERLANDE
COMMISS^re-PRISEUR	EXPERT
rue de Hanovre, 6	rue Lafayette, 46

PARIS — 1886

IMPRIMERIE
Ve RENOU ET MAULDE
144, Rue de Rivoli, 144
PARIS

CATALOGUE

D'UN

BEAU MOBILIER

OBJETS D'ART, TABLEAUX, AQUARELLES

Porcelaines de Saxe, Faïences

BRONZES D'AMEUBLEMENT

BELLE GARNITURE DE CHEMINÉE, DE DENIÈRE

MEUBLES DE STYLE

Commode Louis XVI, Bureau hollandais en ancienne marqueterie

PIANO A QUEUE D'ÉRARD

BOITES A MUSIQUE

ANCIENNES TAPISSERIES, RICHES TENTURES ET RIDEAUX

Tapis, Services de table, Argenture, etc.

DONT LA VENTE AURA LIEU

Après le Décès de Mme NEEDHAM

EN UN HOTEL

RUE DUMONT-DURVILLE, N° 17

Les Vendredi 15, Samedi 16 et Lundi 18 Octobre 1886

A DEUX HEURES

Par le ministère de **Me ESCRIBE**, Commissaire-Priseur,
rue de Hanovre, 6,
Assisté de **M. VAN HOESERLANDE,** Expert,
rue Lafayette, 46.

EXPOSITIONS

PARTICULIÈRE : le Mercredi 13 Octobre 1886
PUBLIQUE : le Jeudi 14 Octobre 1886

DE UNE HEURE ET DEMIE A CINQ HEURES

PARIS — 1886

CONDITIONS DE LA VENTE

Elle sera faite au comptant.

Les Acquéreurs paieront, en sus des adjudications, CINQ CENTIMES PAR FRANC, applicables aux frais.

Aucune réclamation ne sera admise une fois l'adjudication prononcée.

DÉSIGNATION

VESTIBULE ET ESCALIER

1 — Deux beaux Panneaux en ancienne tapisserie, décorés d'armoiries italiennes et encadrées d'une bordure à coquilles et feuilles de laurier.

2 — Petite Table style hollandais en poirier noirci, pieds à entrejambes.

3 — Banquette à dossier en chêne, formant coffre à bois.

4 — Vase en faïence de Gien, orné de lambrequins fond bleu turquoise et de fleurs et oiseaux sur fond craquelé; sur pied en bois noir sculpté.

5 — Paire de Brûle-Parfums en Satzuma, à anses et poignées des couvercles formées de chimères, décor à mandarins.

6 — Cache-Pot en barbotine, à anses simulées par des têtes de lions, décor à sujets de chasse.

7 — Plusieurs autres Vases et Porte-Bouquets.

8 — Tapis d'escalier et de chemin en moquette, dessin Smyrne, avec tringles en cuivre.

ANTICHAMBRE

9 — Porte-Cannes en chêne formé d'un fer à cheval, de deux trompes et d'un mors.

10 — Porte-Manteaux et Parapluies en chêne.

11 — Fauteuil de jardin en osier, garni en coutil gris avec bande imprimée.

SALLE A MANGER

12 — Paire de Jardinières en craquelé de Chine, décor en relief.

13 — Suspension en bronze poli à douze lumières, style Rennaissance.

14 — Ameublement de salle à manger en chêne, composé de : un Buffet à quatre vantaux vitrés et quatre tiroirs et étagères à la partie supérieure, une Table à manger de forme rectangulaire, un Découpoir-Étagère et douze Chaises couvertes en drap bleu gendarme.

15 — Fauteuil Louis XIII en bois tourné recouvert en cuir genre de Cordoue.

16 — Carpette de Smyrne à rosace sur fond rouge.

17 — Décor de grande croisée composé d'un bandeau et de deux pentes, et la tenture de la pièce; le tout en drap bleu gendarme, avec bandes en étoffe imprimée, à oiseaux et feuillages.

18 — Couverts de table et de dessert et Pièces diverses de service en argenture française et anglaise ; Couteaux de table et de dessert.

19 — Services de table en cristal gravé et doré et en porcelaine.

20 — Porte-Pickles en argenture avec trois Flacons en cristal taillé.

21 — Boîte à biscuits en chêne et argenture.

22 — Petit Service à café en faïence anglaise, garni en argent, composé de : Théière, Sucrier, Pot à crème et quatre Tasses.

22 *bis* — Diverses autres pièces en cristal et porcelaine.

PETIT SALON CHINOIS

23 — Lustre à vingt-quatre lumières et paire d'Appliques à cinq lumières en bronze ciselé et doré, modèle à carquois et figures d'amours.

24 — Deux Flambeaux japonais en bois sculpté, figures excentriques.

25 — Paire de Candélabres en porcelaine de Saxe, à figures de Chinois et Chinoise jouant de la musique.

26 — Petit Paravent à deux feuilles en soie et peluche.

27 — Lampe Carcel en porcelaine craquelée, montée en bronze noirci et frotté, style chinois.

28 — Lampe en faïence émaillée, fond bleu, décor en relief, monture en bronze, style chinois.

29 — Boite à jeux en bois de noyer.

30 — Trois Guitares de fabrication étrangère.

31 — Tableau par Coffinières de Nordeck : *le Départ de la Diligence.*

32 — Chevalet en bois sculpté, noirci et doré.

33 — Joli Bureau ancien en marqueterie hollandaise.

34 — Petite Table-Étagère, forme fer à cheval, en chêne verni.

35 — Chaise longue recouverte en peluche et en satin, garnie de fleurs appliquées en soie et ornements en argent.

36 — Petit Fauteuil à dossier renversé, recouvert en satin fond vert et garni de fleurs et ornements appliqués, bras à torsades en peluche grenat.

37 — Fauteuil Seymour recouvert en étoffe turque et velours grenat.

38 — Tapis de Smyrne recouvrant la pièce.

39 — Paire de Rideaux de portières en reps de soie de Chine décorés de sujets d'intérieur et garnis de peluche grenat.

40 — Une Portière en même étoffe et même garniture, et un Bandeau en satin de Chine brodé.

41 — La Tenture de la pièce composée de trois Panneaux en soie en partie brodés d'or, à sujets guerriers et groupes de musiciens. Un autre Panneau en reps de soie décoré d'un sujet : la Lecture; deux Dessus de Portes en soie brodée à figures de Génies ; une Bande en soie à ornements dorés et un Encadrement; le tout de style chinois et une Tablette de cheminée en peluche.

GRAND SALON

42 — Beau Lustre en bronze ciselé et doré, garni de cristaux.

43 — Très belle Garniture de cheminée de style Louis XVI, sortant de la maison Denière, et composée de :

Une Pendule à cage en verre et bronze doré au mat et poli, supportée par un sphinx et quatre pieds de biches, et surmontée d'un brûle-parfums enguirlandé ; sur socle en marbre blanc orné de frises en bronze doré, et deux Candélabres formés chacun par une faunesse en bronze patine brune, tenant d'une main un bouquet à 5 lumières en bronze ciselé et doré, et posée sur un socle en marbre blanc orné de frises et d'appliques en bronze ciselé et doré.

44 — Paire de Chenets en bronze à figures de sirènes, tenant des torchères en bronze ciselé et doré au mat ; Pelle, Pincette et Pare-Etincelles.

45 — Jolie Garniture de bureau en galuchat, montée en argent anglais, et composée de : une Papeterie, un Buvard, une Boîte à allumettes, une Boîte à pains à cacheter, un Encrier et deux Flambeaux.

46 — Petit Paravent à deux feuilles en étoffe de soie brochée, bordé et garni en peluche.

47 — Brûle-Parfums en Satzuma à couvercle, surmonté d'un mandarin et à anses formées de dauphins, décor à sujets rehaussés d'or.

48 — Guéridon recouvert en velours et garni de pochettes en soie rouge brodée.

49 — Table, forme rognon, couverte en velours frappé et ornée de fleurs en soie et or, brodées et appliquées.

50 — Vase en barbotine, à anses formées de mufles de lions et fleurs en haut-relief, sur socle en bois sculpté et noirci.

51 — Table gigogne en laque.

52 — Petite Table à ouvrage en vernis, genre de Martin, style Louis XV, à fond aventuriné, et ornée de petits sujets peints dans le goût de Watteau.

53 — Vide-Poche en cuivre, garni d'anses à têtes d'éléphants. Travail japonais.

54 — Figure de Nègre, richement vêtu de soie, et renfermant un mouvement à musique.

55 — Support en bois sculpté, formé d'un Nègre supportant une coupe et posé sur trois animaux chimériques.

56 — Paire de Vases en barbotine, décor à fleurs.

57 — Jardinière de forme surbaissée en barbotine, ornée de fleurs.

58 — Coupe en porçelaine, décor japonais, monture en bronze.

59 — Colonne recouverte en peluche brodée de fleurs.

60 — Fauteuil en bois tourné, avec bras terminés en têtes de lions, recouvert en cuir genre de Cordoue.

61 — Joli Bureau, style Louis XV, en bois rose et marqueterie, orné de chutes et autres ornements en bronze, dessus recouvert en peau de chagrin.

62 — Piano à queue en palissandre, d'Erard.

63 — Housse de piano en satin de Chine, brodé de fleurettes et animaux en soie et or sur fond bleu.

64 — Un Canapé et deux Fauteuils en soie brochée fond rose, capitonnés et garnis de peluche grenat.

65 — Un petit Fauteuil recouvert de soie brochée fond rose et garni de peluche.

66 — Une petite Chaise Chauffeuse en bois doré recouverte en soie brochée fond rose, à dossier capitonné et siège garni de peluche capitonnée.

67 — Deux Fauteuils en soie brochée fond rose, capitonnés garnis de passementeries de soie et de filets.

68 — Quatre Chaises volantes en bois doré façon bambou, recouvertes en soie brochée fond rose. capitonnées.

69 — Tapis de Smyrne recouvrant la pièce.

70 — Quatre paires de Portières en soie brochée fond rose, garnies de draperies en satin grenat.

71 — Deux paires de Rideaux de croisée en soie brochée fond rose, avec cantonnières et lambrequins en satin grenat ; Rideaux de vitrage en soie et application ; Stores.

72 — La Tenture de la pièce en soie rose brochée.

PREMIER ÉTAGE

VESTIBULE

73 — Deux Vases Brûle Parfums en porcelaine, décor japonais à anses formées de mufles de lions et sur pieds ajourés en bronze.

74 — Deux Tabourets en bois noir sculpté et à dessus de marbre.

PETITE CHAMBRE A COUCHER

ET

CABINET DE TOILETTE ATTENANT

75 — Boîte à musique de Genève.

76 — Petite Garniture de cheminée en bronze et émail, composé de : une Pendule et deux Candélabres à 4 lumières.

77 — Table forme guéridon, style Louis XVI, en bois laqué noir et doré, dessus en velours violet.

78 — Table de milieu en bois noir incrusté de filets de cuivre, pieds style Louis XV, ornés de bronzes dorés.

79 — Chiffonnier en palissandre, à sept tiroirs à l'anglaise.

80 — Chiffonnier en palissandre ciré, à huit tiroirs.

81 — Ameublement en bambou verni et nattes de Chine composé de : un Lit avec sommier élastique, une Armoire à glace, une Table de nuit, deux Fauteuils et deux Chaises.

82 — Literie complète.

83 — Beau Couvre-Lit en satin, grenat garni d'applications de soie brodée.

84 — Baldaquin garni de ses rideaux et embrasses, deux Portières, deux Rideaux de croisée et la Tenture de la chambre en cretonne fond maïs, à bandes brodées en couleurs à fleurs.

85 — Tapis en moquette, petit Tapis d'Orient.

86 — Rideaux de croisées et de vitrage en étamine et guipure.

87 — Chiffonnier en palissandre ciré, à huit tiroirs.

88 — Une Toilette en natte et bambou; avec glace et étagères.

89 — Garniture de toilette et Seau de propreté en faïence anglaise.

90 — Broc et Cuvette en cristal.

91 — Deux Rideaux de croisées et uue Portière en cretonne, imprimée à fleurs sur fond maïs, deux Rideaux de vitrage et deux Rideaux d'imposte en étamine et guipure.

92 — Tapis en moquette.

ATELIER

93 — Lampe, système modérateur, en bronze ciselé et doré style chinois, sortant de la maison Pannier Laroche et Cie (Escalier de Cristal).

94 — Autre Lampe, même système, en porcelaine truité sur fond vert flammé formant porte-bouquet; monture en bronze style Louis XV.

95 — Groupe en terre cuite de **Fremiet : Sylène**, et **Oursons**.

96 — Étagère d'encoignure en peluche.

97 — Paire de petits Vases, forme cassolette, en porcelaine de Berlin, décorés de petits sujets d'après **Huet**.

98 — Plat, de forme octogone, en porcelaine du Japon et un Plat à anses en faïence, décor à la corne.

99 — Deux Bouquetières en faïence, décor de Moustier.

100 — Corbeille de milieu en porcelaine de Saxe, décor à personnages et fleurs en relief avec socle.

101 — Jeune Fille cueillant des fruits (Aquarelle).

102 — Zéphyr (Aquarelle). Cadre rond.

103 — **Lewis Brown**. Rendez-vous dans le parc (Aquarelle).

104 — **Condamy** (F. de). Gentleman en promenade.

105 — Lampe à pétrole en cristal, supportée par un singe empaillé grimpant.

106 — Tableau rectangulaire en ancien laque de Chine, enrichi de sujets en burgau dans son cadre en bambou.

107 — Ecran forme éventail sur pied en bambou verni.

108 — Petite Glace ovale biseautée, dans son cadre en peluche, garnie de fleurs et dentelle.

109 — Petite Ètagère chinoise en bois de fer.

110 — Paire de Torchères en bois sculpté et doré, figures d'Indiens sur fûts de colonnes cannelée et en partie dorés, style Louis XVI.

111 — **Luca Cranach** (École de). Les Trois Grâces. Cadre en bois noir.

112 — Jolie Table en bois sculpté et doré à pieds cannelés et entrejambes à dessus de marbre, style Louis XVI.

113 — **Grandpré** (De), 1883. Cours d'eau bordé d'arbres (Fusain).

114 — Petite Étagère en peluche, garnie de draperies à franges et glands.

115 — Paire de Bouts-de-Table en porcelaine de Saxe, ornés de statuettes : Enfants musiciens et de fleurs détachées.

116 — Joli Groupe de six personnages en même porcelaine : Plaisirs champêtres.

117 — Groupe en même porcelaine, représentant l'Automne.

118 — Autre Groupe en même porcelaine : Enfants au masque.

119 — Groupe en même porcelaine : Arlequin et Colombine.

120 — Autre Groupe en même porcelaine : Enfant et Poupée.

121 — Jolie Boîte à musique de Samuel Troll, de Genève, posant sur sa table garnie de tiroirs, contenant sept rouleaux, en racine de noyer, ornée de filets de bois rose.

122 — Deux Plateaux de service en noyer verni.

123 — Canapé en satin de Chine brodé de fleurs et insectes sur fond rouge.

124 — Paravent à quatre feuilles en soie chinoise.

125 — **Aranda** (F.). Peinture sur panneau, d'après Palmaroli : l'Ecuyère.

126 — **Rembrandt**. Son Œuvre gravée, 3 vol. de planches et un vol. de texte.

127 — Deux Bibliothèques en poirier noirci, à deux corps et quatre vantaux, dont deux vitrés.

128 — Environ trois cent cinquante Volumes, ouvrages anglais et ouvrages français : **Alf. de Musset, F. Coppée, Voltaire, Victor Hugo, XVIIIe Siècle** de **Paul Lacroix**, Romans et autres ; et albums anglais et français.

129 — Table de nuit, forme étagère, en bois laqué et doré.

130 — Glace biseautée dans son cadre doré, à fronton, attributs de musique et guirlandes, style Louis XVI.

131 — **Condamy** (F. de). Chiens de chasse au chenil.

132 — Toilette en palissandre ciré, à dessus de marbre blanc, à tiroirs et niches sur les côtés, garnie de rideaux en peluche.

133 — Vide-Poche forme de trois chapeaux de paille renversés, garnis de soie et de peluche grenat.

134 — Petit Cabinet en laque, fond aventuriné, sur socle en laque.

135 — Chaise longue garnie de soie brochée, sur fond vert, de peluche et de passementerie soie.

136 — Chaise longue en vannerie dorée, avec sommier et coussins en toile.

137 — Coussin en satin fond rose, garni de Chantilly.

138 — Portière en satin de Chine fond cerise, à sujets animaux et fleurs et inscriptions, brodés de soie et or.

139 — Dessus de lit en soie brodée de fleurs et rosaces sur fond vert.

140 — Petit Paravent à trois feuilles garnies d'étoffe en soie brochée et de Panneaux en glace biseautée et peinte bordée de peluche grenat.

141 — Console d'encoignure en bois doré, style Louis XVI, à dessus de marbre.

142 — Table de fumeur, en chêne, avec Cave à liqueurs contenant 27 Verres, 4 Carafons, Porte-Allumettes, petite Lampe en métal, avec Boîte pour renfermer ces pièces.

143 — Deux Fauteuils en bois doré, recouverts de soie à rayures, style Louis XVI.

144 — Un Canapé et deux Fauteuils en bois doré, recouverts de satin marron capitonné, et de soierie à bande marron, et bandes brochées, style Louis XVI.

145 — Tabouret de piano, couvert de peluche brodée.

146 — Petite Commode en faïence, marque A R, avec six tiroirs, décorée de sujets d'intérieur et de médaillons à personnages sur les côtés.

147 — Paravent à 4 feuilles, en peluche.

148 — Bascule anglaise en acajou, avec siège couvert de velours frappé et sa série de poids.

149 — Fauteuil Seymour en peluche.

150 — Siège dos à dos en bois doré, recouvert de soierie blanche brodée en soie de couleur et peluche.

151 — Pouf, formé de deux coussins superposés, garnis l'un de peluche bleue, l'autre de broderie orientale et peluche marron.

152 — Fauteuil recouvert de peluche bleue.

153 — Petit Fauteuil, de forme carrée, en velours frappé et étoffe brodée de soie.

154 — Grand Divan, recouvert d'un tapis oriental.

155 — Quatre Coussins couverts d'étoffe orientale et peluche.

156 — Tapis de table en peluche olive, garni d'effilés de couleur.

157 — Deux Chaises, style Louis XVI, en bois doré et soie, fond jaune broché à fleurs.

158 — Six Coussins en velours noir et tapisserie.

159 — **Coleman.** Jeune Fille tenant un bocal de poissons et suivie par deux chats (Aquarelle).

160 — **Eerilman** O. Hippodrome (Aquarelle).

161 — Paire d'Appliques à six lumières, formées de tulipes en bronze.

162 — Lustre à gaz, à 5 lumières, en cuivre, style hollandais.

163 — Grand Tapis de Smyrne.

164 — Tenture de la pièce en cretonne rouge, composée de : deux grands Rideaux de croisée avec bandeau, un Store, deux Rideaux de croisée à têtes flamandes, et la garniture de l'alcove.

165 — **Gelibert** (Jules et Gaston), Psychée. Chien, Chats, Vases de fleurs et accessoires sur un tapis recouvrant une table.

166 — **Bridgman,** 1881. En Goguette (Aquarelle gouachée).

167 — **Gelibert** (Jules), 1882. Renard et Loup surpris, sujets de chasse (Deux aquarelles).

168 — **Penne** (De). Chiens de chasse (Deux aquarelles).

GRANDE CHAMBRE A COUCHER

169 — Petit Plateau en palissandre supportant quelques animaux en porcelaine.

170 — Galerie de foyer en bronze poli et nickelé, ornée de cariatides à têtes de lion.

171 — Commode Louis XVI à dessus de marbre, garnie d'entrées, de chutes et d'appliques en bronze ciselé.

172 — Joli Meuble d'entre-deux à deux corps en bois laqué, enrichi d'ornements rehaussés d'or et d'appliques en bronze ciselé.

173 — Grand Lit de milieu avec sommier et sa garniture, composé d'un Ciel-de-Lit décoré d'une draperie, et de deux Rideaux, le tout en lampas fond bleu et garni de passementeries de soie.

174 — Deux paires de Rideaux de croisée en mêmes étoffe et disposition, avec embrasses.

175 — Deux paires de Rideaux de portières, un Entourage de cheminée avec tablette et la Tenture de la pièce avec plafond, le tout en lampas fond bleu garni de peluche de même nuance.

176 — Une Chaise longue recouverte de lampas capitonné fond bleu et garnie de peluche de même nuance.

177 — Trois Fauteuils garnis de lampas capitonné fond bleu.

178 — Deux Chaises en noyer sculpté et filets dorés, style Louis XVI, couvertes de lampas fond bleu.

179 — Petite Table, style Henri II, recouverte de lampas fond bleu.

180 — Jolie Table de nuit, forme crédence, en noyer sculpté et à filets dorés, style Louis XVI, et à dessus de marbre.

181 — Belle Armoire en palissandre ciré, à trois vantaux, à glace biseautée.

182 — Table recouverte de peluche fond bleu, à pieds formés de colonnettes doubles, et garnie de passementerie de soie.

183 — Bonne Literie composée d'un grand Matelas en laine, deux Oreillers, dont un couvert de soie fond rose, deux Couvertures, et un Traversin.

184 — Beau Dessus de lit en peluche fond bleu, doublé de satin de même nuance.

185 — Grand Tapis en moquette fond bleu recouvrant la pièce.

186 — Deux Triptyques en ivoire sculpté.

187 — Petite Pendule en émail peint surmontée d'une statuette « le Temps « en argent et posée sur un socle enrichi d'émaux.

188 — Petite Mandoline en écaille incrusté d'ivoire.

189 — Ecuelle à anses formées de fleurs, avec couvercle et plateau en porcelaine de Sèvres, pâte tendre, décorée d'animaux; deux poissons et des coquillages surmontent le couvercle.

190 — Neuf Statuetttes ou Groupes en porcelaine de Saxe.

191 — Huit Groupes et statuettes chinoises en ivoire sculpté. (Ce lot sera divisé.)

192 — Petite Table en bois laqué.

193 — Six Boîtes en porcelaine et émail d'Allemagne (Ce lot sera divisé).

194 — Moutardier en porcelaine de Sèvres.

195 — Bague ancienne contenant un mouvement à musique; le chaton représente une joueuse de vielle entourée de demi-perles.

196 — Bague ancienne, chaton renfermant un mouvement de montre, entourage en roses.

197 — Montre ancienne en or à répétition, cadran ajouré à figures.

198 — Joli Flacon en or époque Louis XVI.

199 — Glace avec cadre doré.

CABINET DE TOILETTE

200 — Fauteuil recouvert de peluche verte capitonnée garni de passementerie en soie.

201 — Jolie Table style Henri II, recouverte de peluche fond bleu ornée d'une plaque en cuivre gravé style chinois ; pieds formés de colonnes doubles et à entrejambes.

202 — Très jolie Tenture de la pièce comprenant : Draperie de la baie : composée de : trois Rideaux dont un double ; Rideaux de portières, une Draperie de glace, Tablette de cheminée et la Tenture des murs de la pièce le tout en peluche fond vert.

203 — Trois Glaces avec cadres garnis de peluche.

204 — Tapis en moquette fond grenat couvrant la pièce.

DEUXIÈME ÉTAGE

205 — Deux belles Armoires à robes et à linge en chêne.

205 *bis* — Beau Linge de lit de table et de ménage.

206 — Meubles et Literies garnissant plusieurs chambres de domestiques.

SOUS-SOL

207 — Batterie de cuisine en cuivre, fer blanc, fer battu, etc.

208 — Meubles de cuisine et d'office.

209 — Douze Bouteilles de Vin de Haut-Brives, la Renthire 1877.

210 — Vingt-deux Bouteilles de Vin de Saint-Pierre-Saint-Julien.

211 — Objets divers non catalogués.

Ve Renou et Maulde, imprimeurs de la Cie des Commissaires-Priseurs, rue de Rivoli, 144. 900—71934

www.ingramcontent.com/pod-product-compliance
Ingram Content Group UK Ltd.
Pitfield, Milton Keynes, MK11 3LW, UK
UKHW020527180726
13839UKWH00005B/2367